Grandes Pasitos

LA HORA DE RONCAR

Vanesa Pérez-Sauquillo   Sara Sánchez

Beascoa

Se hace de noche en la granja.
El cielo se ha vuelto oscuro:
morado, rosa y naranja.

«¡Animales, a la cama!
¡A dormir!», grita el granjero.
«¿Os habéis puesto el pijama?».

El cerdito dice: «¡Espera!
¡Que no quiero dormir sucio!
Voy primero a la bañera».

De pronto, lo asusta un ruido.
¿Qué ha sido eso? ¿Un ronquido?

La vaca toma su cena.
Sus sueños son más bonitos
si tiene la tripa llena.

De pronto, la asusta un ruido.
¿Qué ha sido eso? ¿Un ronquido?

El caballo se cepilla
sus dientes grandes y blancos.
¡Cepilla de maravilla!

De pronto, lo asusta un ruido.
¿Qué ha sido eso? ¿Un ronquido?

Con un pequeño pincel
la abeja reina se peina
su pelo de color miel.

De pronto, la asusta un ruido.
¿Qué ha sido eso? ¿Un ronquido?

Baja la persiana el pato.
Se despide: «¡Adiós a todos!
¡Me voy a dormir un rato!».

De pronto, lo asusta un ruido.
¿Qué ha sido eso? ¿Un ronquido?

La oveja negra ha comprado
un pijamita que brilla.
¡Parece el cielo estrellado!

De pronto, la asusta un ruido.
¿Qué ha sido eso? ¿Un ronquido?

El gallo canta una nana
y susurra, muy bajito:
«¡Pollitos, hasta mañana!».

De pronto, lo asusta un ruido.
¿Qué ha sido eso? ¿Un ronquido?

El perro está muy contento,
porque lo que más le gusta
es cuando le leen un cuento.

De pronto, lo asusta un ruido.
¿Qué ha sido eso? ¿Un ronquido?

Y ya para terminar,
un lobo aparece y grita:
«¡Qué besito os voy a dar...!».

De pronto, lo asusta un ruido.
¿Qué ha sido eso? ¿Un ronquido?

¡Mirad quién hace esos ruidos!
¡Son los que leen este cuento,
que se han quedado dormidos!

z Z Z Z Z Z Z Z Z Z Z Z Z Z Z

Pega aquí una foto tuya
durmiendo

Es hora de descansar.
Y así mañana podremos...
¡volver todos a jugar!

Para mi querido Aidan.
V. P-S.

A los santuarios, protectoras y animalistas,
que hacen que los animales puedan roncar a pierna suelta.
S. S.

Primera edición: septiembre de 2017
Primera reimpresión: junio de 2019

Printed in Spain — Impreso en España

ISBN: 978-84-488-4887-3
Depósito legal: B-14.341-2017

Impreso en Impuls45
Granollers (Barcelona)

BE 48873

Penguin
Random House
Grupo Editorial